낯선 곳에 도착했다

낯선 곳에 도착했다

초판 1쇄 발행 | 2023년 8월 18일

지은이 | 김영서
펴낸이 | 황규관

펴낸곳 | (주)삶창
출판등록 | 2010년 11월 30일 제2010-000168호
주소 | 04149 서울시 마포구 대흥로 84-6, 302호
전화 | 02-848-3097
팩스 | 02-848-3094

본 도서는 충청남도 충남문화관광재단 후원으로 발간되었습니다.

낯선 곳에 도착했다

김
영
서

시
집

삶창

하루를 온전하게 시 쓰는 일에 몰두하는 상상을 한다.

얼마나 복된 일일까?

차례

3부 **식구**

1
부

마리아주

식구

동네 어르신이 밥 한번 먹자고 하는데
하루 이틀 미루다 잊었다
몇 년 동안 점심을 함께한 친구가 있다
친구는 입맛이 정해져 있어서
짜장면 아니면 볶음밥, 여기서 벗어나려면
궂은날 잡아 예약을 해야 했다
밥 거르는 날이 없는데
살자고 먹는 날과 먹자고 사는 날은 달랐다
주머니가 가벼워 밥 한번 먹자는 말 어려웠는데
돈 벌어야 할 이유가 또 하나 생겼다
우리 밥 한 끼 해요,라는 말
함께 먹는 것은 그만큼 신중한 일이라서
식구가 아니면 밥 먹자는 말이 쉽지 않다
동네 어르신을 찾아가 겸상을 했다
그냥 소머리국밥인데
반주까지 곁들여 이마에 땀을 훔치며 먹었다
술 한 잔이 부족하여 한 병을 더 시켰다
마리아주는 무엇이 아니라 누구냐는 것

그리고 식구는 오래전 예약이 되어 있는 것을 눈치
로 알았다

고립에 대하여

한 칸 방 오두막에서 사는 것이 소원이었다.

오두막에 장대비가 내렸다

창살로 쏟아져 나를 오두막에 가두었다

넘쳐흐르는 빗물을 바라보면 멀미가 와서

눈길을 화분에 두었다

잠시 눈길을 거둔 새

꽃이 지고 대궁까지 말라버렸다

기댈 곳을 찾아 쓰러지는 대궁을 보며

고립이라는 말이 생각났다

내게 솟아날 구멍으로 피었던 꽃이다

바닥에 고꾸라질 때까지 기댈 곳은 보이지 않았다

보기가 안쓰러워 슬며시 고개를 돌렸다

다시 멀미가 시작되었다

외면하지 마라

나의 어깨여

오두막이 떠내려갈 것 같이 비가 내렸다

화분에 눈길을 돌렸다

다시는 떠나지 않을 것을 다짐하면서

하느님 궁둥이

궁둥이 쳐들고 걸레질 하는데
나도 모르게 궁둥이로 방을 닦고 있다
무거운 몸을 업고 다니던 발이 휴식 중이라
무게 중심이 가운데로 옮겨졌다

유리창에 달 떠오른다
하늘도 걸레질 중이다
구름을 닦는 속도가 어정쩡하다
하느님도 힘들어서 잠시 쉬는 중이다

궁둥이를 들썩거리자
통통한 달이 떠오른다
하느님 궁둥이가 보인다

마늘쪽 엉덩이

시가 써지지 않는 날
누가 이기나 자리를 지키기로 했다
지난해까지만 해도 바닥에 앉아 있으려면
엉덩이가 아파서 방석을 찾았는데
요즘은 근육이 생겨 탱탱해졌다

마늘쪽 같은 엉덩이가 지나가면
눈길이 따라가는 이유를 알겠다
시는 엉덩이가 쓰는 것이라고
마감 날 머리를 쥐어뜯어도 안 나오던 것이
책상머리에서 오래 버텨준 엉덩이가
얼마나 옴지락거렸으면
마늘종 같은 시가 쭉 올라올까

물렁거리는 사랑은 싫다
찐한 사랑은 근육으로 뭉쳐진다고
마늘종 같은 시를 만든다
날것으로 고추장에 찍어 먹을 사랑

탱탱한 한 줄을 위하여
엉덩이는 쉬지 않고 꿈틀거린다

낯선 곳에 도착했다

집 안으로 낙엽이 따라 들어왔다
문밖에 서성이며
바람이 멎는 곳을 찾고 있었을 것이다

문 열어놓는 것을 좋아해 종종 핀잔을 들었다
오래된 와인을 좋아했다
조심스럽게 코르크를 열었다
숲에 대하여 말하고 싶은 게다
나는 미각으로 말하고
그는 바람으로 말하고

집에 들어온 이유는 듣지 못했다
하루가 지나지 않았는데 사라졌다
누구의 손일까 묻지 않았다
왜, 마음은 낯선 곳으로 향하는지 알고 싶어졌다

무작정 기차를 타고 떠났던 기억이 떠올랐다
여전히 마음은 사춘기여서

바람이 불었다

오래된 와인은 낙엽, 흙과 바람
함께 놀았던 들꽃, 새벽이슬, 산딸기
그리고 시를 쓰던 연필 냄새가 났다
바람은 항상 익숙한 곳을 찾아서 돌고 돌았다

작은 회오리바람이 생겼다 사그라졌다
갑자기 풋 하고 바람이 빠져나왔다
볼살이 당긴다
오랫동안 그랬다

모닝커피

항상 모자를 눌러쓰고 사계절 외투를 입는다
아침마다 찾아와서 믹스커피를 뜨겁게 마시는데
노숙에 단련된 손은 낡은 장갑이 되었다

사무실에 늦게 나간 날
문 앞이 철새가 다녀간 발자국으로 어지러웠다
저혈당이 찾아왔다
땅속으로 몸이 꺼져들었다

그가 지나간 자리는 야생의 냄새가 따라다녔다
눈을 마주친 적은 없지만
발은 새를 닮아 가고 손은 퇴화하여 깃털을 떨어트
렸다.
그의 영토가 얼마나 넓은지
항상 낯선 물건을 흘리고 다닌다

아침마다 커피를 내린다
맛이 훌륭하여 일부러 찾아왔노라고

줄을 서서 기다리는 사람들
　맛을 위하여 드립퍼는 놋쇠를 두들겨 만들고 거름
종이는 한지를 썼다
　한 잔 먹기 위하여 줄 서서 기다릴 만하다는데

　낡은 장갑 호호 불며
　종이컵에 믹스커피를 쏟아붓고
　세상을 다 얻은 듯 눈을 지긋하게 감는 야생의 사내
　모두가 눈길을 피하지만 내 눈에 들어오는
　문밖에서 모닝커피를 먹는 사람

　창문 너머 종이컵에서 김이 모락모락 오른다
　세상은 달달한 황금 비율로 커피 1 설탕 2 프림 3
　완전한 수를 마신다

늦은 점심

점심시간을 놓친 허기가 두리번거렸다
혼자 있으면 가끔은 그렇다
냉장고를 열고 찬물로 허기를 달랬다
마른 입을 적시고 식도를 따라 위까지 내려가는 찬
물은
수로를 열어 갈라진 마른논에 물이 스며든 것 같다
가뭄이 길어지면 군수는 기우제를 지냈다
그때마다 비가 내렸다
허기를 놓치고 하늘이 아차 할 때다

몸과 마음이 따로 놀았다
몸이 마음을 몰랐거나 마음이 몸을 잊었거나
사랑이 예고 없이 떠나갔을 때도 그랬다
배가 고프니 생각이 나서 전화를 했다고
허기를 잊은 종족이 지척에 있어 위안이 된다고
시간이 어찌나 빠르게 흐르는지
시간에 쓸려 가는 나를 바라보다
달력을 쳐다본다

그때마다 달력이 한 장씩 찢겨 나갔다

사냥을 나선 짐승처럼
한 끼가 전부였던 시절이 지금도 여전하다는 사실이
연말정산 기부금 영수증에 적혀 있다
허기는 제때 달래 주지 않으면 언제든지 달려들었다
사랑도 그랬다

오늘도 늦은 점심을 먹는다
달력의 무게 중심이 아래로 내려간다

꼬리 자르기

생각을 따라가는데 꼬리가 길어서 돌아온 생각에
꼬리를 물리고 말았다
천지창조 때 번개 번득이듯 스치는 생각
오늘은 비가 억수로 내려서
함석으로 지붕을 올린 카페에서 빗소리에 잠기기로
했다
오래된 레코드 음반처럼 가끔 어긋나는 화음
깊은 생각에 잠긴다는 것은
아무도 들어오지 못하게 빗장을 채우겠다는 것인데
빗소리 들리지 않도록 생각을 따라갔다

불 꺼진 난로 위 액자 속에 고양이가 그르렁거리고
있었다
빗소리를 넘어서다니
고양이는 탐스러운 꼬리를 가지고 있다
귀찮은 고양이는 꼬리가 길고
나는 생각이 많아서 흔적만 남았다
비가 오는 날 뼈마디가 쑤시기도 하는데

한 마디 자라날 수도 있다는 불안
꼬리를 뜯어 먹히기 위하여 생각을 따라다녔다

카페에 시집이 놓여 있었다
시인은 생각을 만들어 내고 끝까지 쫓아가서 드디
어 꼬리를 물리고 만다
시집에 먼지가 쌓여 있었다
고양이 꼬리가 스쳐 지나간 지 해가 넘었을 것이다
시를 몰라서 한번도 꼬리를 흔들지 않았다
나는 꼬리가 없어서 시집을 넘겨보지 못했다

비 그치고 함석지붕을 두들기던 소리는 개울물 속
으로 빨려 들어갔다
고요 속에서 난 생각을 떠올리고 따라가기를 반복
하고
반쯤 남은 식은 커피 잔이 눈치를 주자
레코드 돌아가는 소리가 들린다
바늘이 내 생각을 읽고 있다

완두콩이 사라졌다

짜장면에 올려주던 완두콩이 사라졌다
식당에서 봄이 사라지는 것을 보았다
고명을 슬그머니 치우자
한쪽 다리가 여름 속으로 사라졌다.
완두콩은 양다리였다
봄이었고 여름이었으나 균형을 잃은 적은 없었다

마트에서 완두콩를 만났다
깡통 속에서 뚜껑이 열리기만 기다리고 있었다
내가 봄이었다고 푸른 완장을 둘렀다
짜장면 위에서 푸르게 빛이 났다
젓가락으로 비벼도 푸른 청춘이었다

완두콩을 모셔 오기로 했다
몸으로 모시기로 했다
양다리 걸치지 않고 봄에 두 발을 담그고
평생 그렇게 살기로 했다
통조림 뚜껑을 열어 봄을 맞이했다

짜장면을 배달시켰다
완두콩 몇 알을 올려놓았다
붉은 고춧가루도 뿌렸다
따라온 양파와 단무지가 어우러져
계절의 조화가 이루어졌다

달력을 여러 번 접었다

5월 달력을 뜯었다
뜯어낸 달력을 곱게 접었다
접힐 때마다 두꺼워지고 단단해졌다
그만하면 충분하다고 접히는 곳이 힘을 주었다
달력은 잃어버린 일까지 기록을 하고 있었다
펴 볼까 하다가 책꽂이에 끼워 놓았다

달력이 무거워지고 있다
지나간 달과 다가올 달이 어깨에 올려져 있다
글씨가 큼직하고 여백은 충분하다
여백에 작은 글씨가 촘촘히 박힌다
가끔 붉은 별이 가운데 박혀 있다
눈길 머물기에 충분하다
별을 보며 한가로운 여행을 생각했다

6월 달력에 새벽 별 하나 박혀 있다
 작은 글씨로 빼곡히 채워지는 일정이 은하수처럼
박힌다

월차를 모아 색연필로 별을 그리기로 했다
그믐밤이었다
누워서 하늘을 보는 것이 적당한 밤이었다
멍텅구리 배가 되어 무거운 닻을 하늘에 던졌다
흐르는 은하수 사이로 유성 하나 빗금을 그었다
닻줄이 팽팽해졌다
우주에서 일어나는 일들이 들리기 시작했다

그림자 밖으로 밀려났다

그늘 속에서 그림자 하나 덜렁 달고 밀려나왔다
햇살은 살갗을 태워버릴 듯 쫓아다니고
그늘로 도망가는 길가 머위 잎이 축 늘어졌다
나 닮은 그림자를 물끄러미 쳐다보는데
붉은 석양이 다가왔다
색은커녕 명암도 만들지 못했다
눈 코 입이 생기려면 아직 멀었다고
내가 한숨 쉬면 주저앉아 찔찔 눈물을 흘렸다

모든 빛은 한통속이다
어디서나 그림자를 만들어 낸다
가슴이 먹먹하여 땅속에 묻히고 싶은 날
지붕에서 떨어진 그림자 하나 때문에
와상(臥床) 병자로 지내는 사람이 있다
축 늘어진 머위 잎 옆에 그늘로 서 있었다

그림자처럼 따라다니는 사람이 있다
내가 할 수 있는 일은 붉은 저녁

산자락에서 이불을 끌어다 덮어주거나
내가 이불이 되어주거나
무엇이든지 품어버리는 습성이 있어
그 속에 사그라지고 싶다고 했다

의자가 있는 느티나무 아래로 들었다
나무는 그림자를 묶어 두었다
짧은 목줄에 낑낑대는 강아지처럼
매미는 하루 종일 울어댔다
밀려 나가면 끝이라는 것을 알고 있다
매미 소리가 멈추었다
그림자 하나가 다녀갔다

2
부

따뜻한 밤

따뜻한 방

점심때마다 지나는 골목
사람을 만난 적이 없어서 걸음이 빨라진다
막다른 길이어도 좋겠다는 생각
사무실에 앉아서 일탈을 꿈꾸게 만든다

퇴근 시간이 되자 골목이 환해졌다
동네 발전소다
전깃줄이 얽히고설켜
아이모텔 동백여관 소라여인숙 불빛이 다르다
드나드는 사람 숫자만큼 발전량이 커 간다고 하는데
아이모텔은 먼 곳에서도 간판이 잘 보인다

늙은 포주가 보이지 않은 지 오래
그래도 불빛이 꺼진 날은 없었다
창문을 두드리면 놀다 갈 것인가를 묻는데
노는 것과 자는 것의 차이를 묻는 사람은 없다

막다른 골목에는 따뜻한 방이 있다

길에서 서성이지 마라

불쑥 찾아가도 반가워하는 방

해 떨어지기 전에 전기 스위치를 올리는 사람이 있다

바람이 불어왔다

낯설기도 하지만

살을 스치며 뒤돌아가는 바람을 익숙하다 생각해
본다

꿈꾸는 자여 행복하길

나도 한때는 그랬다

곤한 그대여 뒤척이지 말자

덮어줘야 할 것들이 많아서

불빛은 안개 긴 새벽까지 안간힘을 쓰고 있다

깜빡이는 간판이 뿌옇게 보인다

아직 아득한 꿈결이어서

여관 골목은 불빛이 따뜻하다

목련꽃처럼 환한 방에 감금돼 있다
그랬으면 좋겠다는 희망이 형광등 불빛에 반짝거
린다
언제든 도달할 수 있는 곳이 희망이라는 감옥

골목에 불빛이 사라지지 않기를
따뜻한 불길을 만드는 곳이
우리 동네 발전소 여관 골목이라는 사실이
잊히지 않기를
예산역 앞 여관 골목에는
목련꽃이 제일 먼저 핀다

당신의 그림자

어르신이 한자리를 계속 쓸어 내고 있다
쓰레받기에 들어가지 않은 것을
희미해진 노안으로 자세히 살펴보니 그림자다
그림자도 턱이 있고 굴곡이 있다

나를 스치고 지나가는 그림자가 구부정하다
평생 한 곳을 응시하고 살아왔다
뚫어지게 바라보는 곳에서 그림자를 끌어당기고 있다
허리를 펴보는데 탄력이 느껴진다.

한여름 느티나무 그늘 속에서
담소를 즐기고 있다
그림자 하나 숨겼는데 이렇게 시원하다
모두가 그늘 속에 그림자를 숨겼다

그림자 밟기 놀이를 했다
나 살려라 하고 도망 다녔다.
밟힐 듯하면 당신의 속으로 숨어들었다
잡아당기는 힘이 팽팽하다

비린내 풍기는 손

근시여서 가까이 보려고 안경을 벗는다
나이 지긋한 사내가
화초를 돌보는 느긋한 풍경
등잔불 옆에서 이 잡듯 깍지벌레를 잡는다

한쪽이 죽어야 한다면
나뭇잎을 닦아내며
노랗게 물들어가는 물수건을 버린다
흰색의 주검이 노랑으로 변할 때
비린내가 난다
손길이 지나간 이파리에 생기가 돌았다

해가 기울어 햇살이 들어왔다
나를 쓰다듬는 손길
아플 때마다 어머니 손길이 떠오르는 거
손길이 최고의 약이라는 것은 지금도 그렇다
나무는 평화를 찾았다
손에 비린내가 묻어 있다

깍지벌레의 몰살

죄를 사할 수 있을까

나뭇잎 뒷면에 숨어서

토실토실하게 살찌고 있는 것들을 위하여

감로를 만드는 이유가 무엇일까

노랑이 묻어 있는 손바닥을 뒤집어보았다

손등이 보였다

이렇게 뒤집기 쉬운데 나무는

등을 보이지 마라

뒤집을 바에야 떨구고 말겠다고 한다

좁쌀만 한 것이 나무를 통째로 씹어 먹고 있다

돌아갈 곳이 있었다

한파경보가 발령됐다
하필 이런 날 돌아가셔서
그가 아는 사람들은 추위에 떨었고
아나운서는 원인에 대해서 설명을 했다
지구온난화로 제트기류가 무너졌다
고기압과 저기압이 톱니바퀴처럼 돌아가는데
북극 바람이 그사이를 타고 내려오고 있다고

그 양반 참 생전에 찬바람 씽씽 불었다고
세상이 좋아져서 그렇지 옛날 같으면
언 땅 파면서 욕 많이 먹었을 것이다
그래도 한 자 파기가 어렵지
두어 자 파다 보면 모락모락 김 오르는 것이 땅이다
요즘 땅속이 얼마나 포근했는지
몇 달 전 묻은 김치가 모두 쉬어버렸다

살아가는 이야기 끝에 이웃에서 김장김치 한 통 얻
었다

김치 통을 들고 북극을 한 바퀴 돌았다
집으로 오는 동안 김치 통이 얼었다
사람도 김치처럼 익거나 쉬거나 하는데
살얼음 낀 동치미 같았으면 좋겠다

문고리가 손에 달라붙는 아침
사나운 바람을 만났다
스친 자국이 감기로 찾아왔다
일주일 동안 몸에 머무를 것이다
땅속에 묻는 김치도 더러는 바람에 든다는데
내 몸에 바람 들지 않기를

좋은 날 잡아 돌아가는 것이 복이라고
명자꽃 필 때까지
바람 들지 말라고 보일러 온도를 높였다

볼록렌즈

날이 흐리다
마스크에서 새어 나오는 입김
안경을 닦아도 개운치 않은 날
진눈깨비가 내리고 있었다

세상이 마음에 들지 않는다
자세히 오래 보지 마라
누구든지 들키고 싶지 않은 것이 있다
볼록렌즈로 오래 보면 불이 붙는다

눈이 퉁퉁 부어올랐다
훼방 놓고 싶은 날이다
진눈깨비로는 세상을 덮어버릴 수 없지
걷는 길이 미끄러워 넘어지기에 알맞다

집을 나가면서 마스크를 쓴다
습관이 되어버렸다
몸에 걸칠 것이 하나 더 생겼을 뿐이다

그리고 장착해야 할 것도 기다리고 있음을 짐작한다

심보가 부어올랐다
세상에 마음에 들지 않는 것이
볼록렌즈 때문이라고 생각했다
마음이든 무엇이든 있는 그대로가 좋다

2021년 12월

온종일 내다봐도 지나는 사람 없는 시골집
집 안에 잘 있는지 보건소에서 안부 전화가 왔다
손자가 다니는 초등학교에 코로나19 감염자가 나
와서
할머니는 자가격리 중인데 마당에 연산홍이 피었다
달력에 있는 절기가 몸속에 기록으로 남아 있는 할
머니
일없이 텃밭을 둘러보고 담장 아래 햇살에 졸기도
했는데
하도 수상하여 달력을 넘겨본다
24절기가 우수수 쏟아진다
쏟아진 경칩이 목련을 젖몸살 하게 하고
입동은 쓸쓸한 바람으로 낙엽을 굴리고 있다
마른기침만으로도 가슴이 철렁거리는 것 나뿐만이
아니었다
코로나19로 골목길에서 사라진 것이 감기 환자였
을까
만나지 않고도 목소리를 듣고 얼굴을 보고

절기가 사라져도 꽃은 피고
찾아오는 사람 없어 할머니는 할 일 없이
미닫이문을 열어보고 닫아보고 그때마다
표정은 무심하지만 가슴으로 계절이 바뀐다
꽃 피는 봄이 그리움으로 번진다

참 늙기 힘들다

젊은 직원들이 많은데 경험이 없으면 못 하는 일이라
혼자서 잔디를 깎았다
별일 아니라 생각했는데
이틀을 앓아누웠다

하루에 한 번씩 사무실 벽에 걸린 시계 바늘이 3시
를 지나간다
오후 3시가 되면 몸이 물먹은 솜처럼 무거워진다
잠시라도 누웠으면 좋겠다
방전되는 이유는 명확하지가 않다

어느 날 갑자기 찾아왔으면 좋겠다 일흔살의 노인
아무도 말을 걸어오지 않는 외진 곳에서
바람이 졸고 있는 나를 흔들어 깨웠다
여우비를 데리고 왔다
함석지붕이 강수량을 조절하고 있다
금세 햇살에 눈이 부셨다

볼 것이 많아졌다

아침 햇살부터 어둠까지

어두운 하늘에 총총한 별들과 바람

개울가를 날아다니는 벌레들

그동안 보지 못했던 것들로

밤낮으로 눈과 마음이 바쁘다

일흔이 되면

새로운 눈과 심장을 가지고 온다고 했다

작은 농막이지만 마당을 깨끗하게 쓸고 문을 활짝

열어 놓았다

그냥 지나치는 일이 없도록

향이 좋은 곡차를 준비해놓았다

호박차

의도하지 않았는데 많은 것들 중
호박차에 손이 간다
늘 허기진 당신
일부러 찾은 적 없는 익숙함
시루떡 속으로 국수 고명으로 호박김치로 문득 만
났었다
가려운 등으로 손이 간다

틀린 글씨를 지우개로 지우면
글씨가 지우개 속으로 들어가 부서졌다
연필심에 침을 묻혀 또박또박 글씨를 고쳐 썼다
당신은 입가에 흘리는 부스러기를 훔쳐줬다
그렇게 덩그러니 익어 갔다

알맞게 덖은 차를 두 번 우려 마셨다
한 번으로는 속을 알 수가 없어서
생이 한 번뿐인 당신과 백년해로하기로 했다

덩굴손은 담장 너머를 좋아해서 손끝은 허공을 향
하고 있다
경계를 넘보는 버릇은 여전히 남아 있다
옆에 두어도 질리지 않는 이유다
당신은 어디로 튀어도 맛과 색이 호박이다

아침마다 딱따구리다

집 앞 관양산에서 아침마다 딱따구리 소리가 들려온다.

숲이 우거질수록 밝아오는 길목이 좁아져서 소리를 길게 뽑아 올린다

앞산에서 제일 오래된 나무가 딱따구리에게 몸통을 내어 준 이유다

아침에 눈을 뜰 때마다 발기가 되어 있다

그때마다 딱따구리 소리가 들렸다

밤새 참았던 딱따구리가 발기된 부리를 흔들면 나무가 떨리고 산이 울렸다

딱따구리를 닮은 목수였다

망치를 부리처럼 두들겼다

손마디에서 자라는 물집이 굳어지면서

온몸이 단단해졌다

망치질에 장단이 생기고 마무리를 헛방으로 여유를 부릴 때

아침마다 아랫도리가 단단해져 갔다

딱따구리가 살고 있는 산에 오른다
부리에 생긴 물집이 굳어져 뒤통수에 닿아야
산을 움직일 수 있다고
부드러워진 손으로 제일 오래된 나무를 만져보았다
딱따구리에게 집으로 내어 준 구멍이 보였다
오래되었어도 단단함을 잃지 않았다

오래된 집

이사 온 지 20년 넘었다
철제 현관문은 삐그덕거리고
화장실은 스위치를 두 번 눌러야 불이 들어온다
아침에 약을 먹었는지 생각이 안 난다
한나절이 지나자 몸이 나른해진다
약봉지를 입속으로 털어 넣었다
약은 걸러도 할부금을 15년 동안 꼬박 지불했다
이웃집에서 문을 두들겼다
그러고 보니 초인종도 고장 났다
버섯을 땄는데 먹어보라고 건넨다
나도 이웃집 문을 두들겨보았다
환한 웃음으로 반겼다
초인종을 고치지 않기로 했다

대출금 연장을 위해 농협에 들렀다
주민등록 초본을 떼어 오라고 했다
집 주소가 나란히 찍혀 있다
셋방살이 전전하다 여섯 번째 주소지다

집이 낡았어도 다시 이사할 일 없어 다행이다
천천히 뜯어보니 모든 것이 낡아 있다
돌아누운 아내 등을 조심스럽게 두들겼다
집이 흔들릴 것 같은 공명이 몸속으로 울렸다
오래된 집에서 늙어가는 부부는
집에 상처가 나지 않게
설렁줄을 당기며 산다

염력

마을 풍경을 찍기로 했다
사진 찍을 자리에 트럭이 세워져 있다
차 좀 치워달라고 했더니 관에서 나왔냐고 묻는다
느티나무 아래서 쉬고 있는데 어디서 왔느냐고 묻
는다
누구시냐고 되물으니 관에서 나왔다고 한다
어느 세대나 관이 갑이다
인터넷 검색창을 보았더니
이미지가 무덤에 들어가는 관이다
관에 대한 연관 검색어 중 탐관오리는 없다

누구나 관에 들어가기 마련인데
염력으로 뚜껑을 열고 나오는 것들이 있다
명나라에 사족을 못 쓰던 종자들이
일제시대 천년을 살 것처럼 하고
아직 군사독재 시절을 그리워하는 자들이
우세 종이 되어버렸다

관 속에 들어가실래요

흙으로 두껍게 삽질하고 사진을 찍어서

염력으로 관 뚜껑을 열어도 출구가 어디인지 모르게

시멘트로 상처를 메운 느티나무와

운전대를 뽑아버린 트럭 사진을 합성해야겠다

그리고 혹시나 출구를 찾아도 거울 속으로 들어가
도록

마을 길 골목 볼록거울을 떼어다가

무덤 옆에 세워둬야겠다

빈병

방구석에 빈병이 쌓여 있다
색깔 있는 와인 병과 속이 보이는 소주병이다
병 속의 안부가 궁금했다
어제는 나의 유일한 위안이었고
오늘은 속쓰림으로 다가왔다
병을 비운 뒤 병이 예뻐 보인다
내가 저것을 완전하게 비웠구나.
오르가슴보다 피니시가 길어서 행복한
어젯밤의 여운이 아직까지 이어진다
어제 먹은 술병을 아직도 바라보는 미련
산행을 하다가 오래된 소주병을 주웠다
아직도 속이 훤하게 보인다
수 년 동안 바람이 휘파람을 불었던 흔적이
먼지로 가라앉아 바닥에 쌓여 있는데
입술이 반들거리는 것을 보면
누구의 사랑방이었던 것이 틀림이 없다
빈병 옆에 가만히 누웠다
병 속에 내가 보인다

수많은 것들이 잠시 낮잠을 즐겼을 것이다
술병을 비우면
뚜껑이 열리는 순간은 누구에게나 다가온다.
산속에 누워 있는데
누군가 술병 하나 들고 방문을 두드린다

벽돌 한 장

한참을 생각하여 드럼세탁기를 들여놨었다
십 년 무상 보증을 믿었는데
딱 한 번 시동이 멈추었는데
여자의 마음을 얻기란 쉽지 않아서
키 작은 아내로부터 문자를 받았다
통돌이 세탁기를 할부로 들여놓았는데
제일 필요한 건 벽돌 한 장
공사장에서 주워 온 벽돌에 올라가 빨래를 꺼내는데
장딴지에 핏줄이 선다
공사장에 떠돌던 기억이 옛날얘기처럼 들려왔다
벽돌을 등짐으로 나르고
쉴 참에 벽돌을 베고 잠이 들었지
그때는 참 잠도 잘 잤는데
잠들기가 고역인 밤
달빛은 왜 이리도 밝은지
십 년도 안 된 세탁기를 한 번 고장으로 버렸는데
사용한 지 삼십 년 넘어선 나는 어찌 될까
버려진 벽돌을 집 안으로 들이는 것을 보고

작아지고 단단해지자고
이불로 달빛을 덮는다

3
부

식구

삽질

이번 달 협동조합 세 개를 만들었다
간판을 세우는데 가는 곳마다 주민들이 칭찬을 한다
삽질을 아주 잘하네요 망치질도 잘하고요
칭찬에 취해서 술을 못 하는 사람과 술을 마셨다
내가 술병을 비울 때까지 흐트러짐 없이 앉아 있었다
협동조합이 유지되는 이유라고 했다
다음 달 협동조합 두 개를 등록한다
열심히 마을로 향하는 도랑을 파고
팔이 아프도록 문을 두들겼다
삽질과 망치질을 잘하는 까닭이다
헛간에 오래된 농기구와 연장들이 가지런히 걸려
있다
닦아보면 아직도 손잡이에 반들거림이 남아 있다
삽으로 농사짓고 망치로 집을 짓고 살아온 사람들
삽질하는 것만 봐도 어여쁜 것이다
마을에 삽질 잘하는 사람이 생겼으면 좋겠다는 표정
손잡이가 반질반질해지고
녹슬 새 없어 연장이 빛나도록 헛간에

삽질협동조합 들여놓으면 어떨까요?

출판 기념식

마을지(誌) 출판 기념식을 했다
오랜만에 군수님 모셔놓고 마을 사람들 한자리에
모였다
코로나19로 조마조마한 모임이다
지나간 일보다 지금이 중요하다고
마을 사람들 모두 가족사진을 찍고 사연을 담았다
책장을 넘겨보는데 안 보이는 사람들이 있다
안부를 물으니 돌아가셨다고 한다
일상처럼 싱겁게 들렸다
그러고 보니 오늘 모인 사람들 모두가
돌아가야 할 때가 된 사람들이다
가족사진인데 혼자 찍힌 사람이 더 많다
한번 흩어진 기억은 모이지 않았다
찾아내어 기록한 자료는 오래된 것이 30년이다
새로 찍은 사진들도 한 세대가 지나면 흩어질 기억을
책 속에 담았으니 기념할 만한 일이다
모두가 웃는 얼굴로 남았다
웃는 모습을 찾아내기 위하여 사진사는

어르고 달래고 돌 사진 찍기보다 힘들었다

평상시 웃는 순간은 백 컷 중에 한 컷도 어렵다고 하
는데

마을 사람들이 웃으면서 단체 사진에 찍히고 있다

가족사진

마을지를 만들기로 했다
지나온 역사보다
오늘에 충실하자고 가족사진을 찍는다
벽에는 할머니 할아버지를 중심으로
아버지 엄마 손자 손녀 3대가 액자로 걸려 있는데
방문을 열고 나오는 사람은 할머니 한 분이다
고향은 어디고 언제 결혼하고 자식은 얼마나 두었
는지
어떻게 살았는지 전하고 싶은 말은 무엇인지
몇 권의 소설책이 몇 줄로 정리된다
옆 동네에서 열여덟에 시집와서
평생 소처럼 일했다
보릿고개 견디고 살아남은 2남 3녀 출가시키고
몇 해 전 서방도 돌아갔다
안방에 누워 고개를 돌리면
가족사진과 달력 그리고 시계가 걸려 있다
못질한 자리에서 한번도 움직이지 않았다
달력에 동그라미를 그려 놓았다

무슨 날일까 궁금하여 일어나려다
귀찮아서 그만두기로 했다
밤이 길어서인지 몸이 자꾸만 뒤척인다
동그라미가 눈에 밟힌다

소꿉친구

농담 삼아 백 살이 되면 함께 살자고 했네
친구는 좋아라
그때까지 건강하게 살아 살림 한번 차려보자 하네
코흘리개로 함께 살아온 친구들
언제 만나도 어린애 같으니
백 년을 산다 한들 마음에 나이가 묻을까
만날 때마다 초등학생이어서
잘나고 못나고 따질 것 없네
백 살이 되는 해 다시 만나면
고향 집 햇살 따뜻한 담장 아래서
코 흘리면 소매로 닦아주며
해마다 채송화처럼 예쁘게 피었다가
첫눈 오는 날 봉숭아처럼
새끼손톱에 반달로 남아 있을
마당에 꽃밭이 있던 시절을 살아온 친구들
백 살이 되어 만나면
맨발로 꽃밭에서 뛰어놀다
신혼 첫날밤에 초대할 것이니

맨발에 묻은 흙 탓하지 않을 것이니
잊지 말아야 할 것들
봉숭아 채송화 분꽃 나팔꽃 나비꽃과 함께
꽃밭에 있던 친구들

고향

고향을 떠나 광덕에 살림을 차린 선배 부부
집에 불이 나면 예산으로 올 수 있겠냐는 말에
아침마다 고향으로 고개가 돌아가지만
생각해 봐라. 허구한 날 술타령에
불 지르고 싶은 마음으로 동네를 떠나왔네
나는 속이 좁은 사람이라서
어화둥둥 이러고 살고 싶은 것이 욕심일까
삼대가 덕을 쌓아야 누린다는 주말부부에
텃밭에서 자라는 채마 거두어 안주 만들고
얼마나 오붓하면 그대들이 수시로 드나들까
얼근해서 돌아가는 나에게
고향 사람이라 주는 것이라고 꽃씨를 안겨준다
맨드라미 꽃씨라고 했다
그때 맨드라미가 맨살로 들렸다
맨살꽃씨 그렇다 고향은
맨살로 다가가야 한다는 것을 새삼 알았다
맨드라미가 피는 고향을 생각했다
고향에는 항상 꽃이 핀다

상사화

사랑도 병이다
죽음처럼 다가오는 것이어서
떠나간 자리가 도려내듯 아프다
상처가 덧나 죽음에 이르기도 한다는데
병에게 멀어지려 수행 길에 올랐다
길에서 도반을 만났다

도반은 이미 병색이 완연했다
독에 들면 독을 써야 해서
내 몸을 베어서 도반의 상처에 붙여놓았다
여기저기 상처가 깊어서
마지막 살점까지 다 발라서 붙였다

한시도 떨어지면 죽을 것 같아
살며시 몸을 기대어 보았다
시간이 멈췄으면 좋겠다
함께 걸어온 길에 저녁노을이 닿았다
세상이 붉게 물들어 간다

노인 일자리 1

어르신 두 분이 서열을 다투는 중이다
난 여기가 고향이다
옆 동네서 시집와서
서울에서 30년을 살다가 돌아왔다
처녀 때는 말이다 면사무소에 다녔다
그런데 몇 살이냐는 말에 말문이 막힌다
그러니까 내가 몇 살이더라
손가락으로 세어보고 눈동자가 하늘을 가리킨다
그럼 너는 몇 살이나 먹었는데
나이야 먹을 만큼 먹었지
난 이 동네에 쭉 살아서
동네 강아지도 나를 알아본다
나이를 잃어버린 어르신이
빗자루를 들고 싸울 기세다
저러다 어쩌나 했는데
잠잠해서 다가가 보니 봉지 커피를 나누어 마시고
있다
나이만 잊은 것이 아니라

다툼의 이유도 잊은 지 오래

그렇게 하루가 저물어 간다

노인 일자리 2

어르신이 청소한 뒷자리를
들키지 않게 다시 쓸며 한 바퀴를 돈다
얼핏 보기에는 건성건성인데
자세히 보면 몇 번을 반복해서 쓸고 있다
흘린 것이 아니고 남긴 것도 아닌데
어르신 지나간 곳에 흔적이 남는다
뒤따라 다니며 쓸어 담는데
기억들이 엉켜 걸음걸이가 엉성해지고
빗자루에 정전기로 달라붙어 매달린다
여기저기 굴러다니는 짜릿한 기억들
지나온 삶이 쉽게 지워지지 않고
어느 날 갑자기 찌릿하게 찾아와
혼자가 아니었다는 것을 증명한다
솜털이 일어서는 이유를

이사

이웃이 이사를 간다
마지막일지도 모른다가 아니라 이별이다
돌아올 것이라 말하지만 아직 그런 사람을 보지 못
했다
여행지에서 우연히 만날지도 모른다는 생각을 한다
어렸을 적 모깃불 피워놓고 멍석에 누우면
별이 쏟아졌다
아직 별이 쏟아지는 곳이 많다고 했다
별 보러 가는 계획을 여러 번 세웠다
가지 못한다는 것을 알면서도
아직 거기에 있을 것이라 생각을 한다
떨어진 별은 뒷동산에 묻혔다
몰래 눈물을 훔치러 올라가고
오지 않을 사람을 기리기도 했다
이사 간 사람들이
별이 되었다는 소식이 바람을 타고 들렸다
이별하는 것들이 많아진다
오늘도 헤어짐은 낯설다

빗살무늬토기

사랑은 빗금으로 날아왔다
처음 이마로 떨어지는 빗방울처럼
피할 길 없는 것들
밀대 방석에 누웠을 때 쏟아지는 별처럼
섬광으로 스치는 한 소식처럼
모두가 빗금이었다
하늘을 흐르는 은하수
참빗으로 곱게 빗어 내려
온몸에 빗살무늬로 새겼다

별이 쏟아지는 마을에 가고 싶었다
빗살무늬토기가 있었다
하늘에는 은하수가 강물로 흐르고
빗금으로 날아드는 사랑을 한 몸에 받았다
기억 속에 있는 것들이 반짝거리며 깨어나면
참빗으로 머리를 곱게 빗어 내려
별을 베고 잠든 여자가 있었다
뒤척이며 뜬눈으로 맞는 밤

유성 하나가 빗금으로 날아든다

손가락이 아프다

새끼손가락이 부러졌다
나았는가 했는데 장애가 생겼다
굽고 마디가 굵어져 반지를 끼지 못하고
약속을 걸지도 못하게 되었다
오늘도 마을 어르신에게서 전화가 왔다
왜 관심이 적어졌냐고
친구에게서 전화가 왔다
연락이 뜸해진 이유가 무엇이냐고
야속한 것은, 모든 손가락이 불편해지기 시작한 것
이다
아픈 것은 새끼손가락인데 약지가 탈이 났다
자판을 두들기는 속도가 늦어졌다
사랑한다는 말의 속도가 늦어졌다
사랑한다는 말이 다가가기 전 떠나가는 모습이 보
인다
우리는 그렇게 헤어졌다
다시는 말을 걸지 않기로 했다
새끼손가락이 아파서 새로운 약속을 하기도 어색해
졌다

4
부

─────────

흔들리는 정원

마스크

코로나19가 있기 전 코와 입이 있었다
에덴에서 쫓겨나기 전에는 눈 코 귀 입이 있었다
남은 것이 눈인데 안구건조증으로 고생 중이다
안과에서는 백내장이 진행 중이라 선글라스를 권
한다
눈을 가리자 상상력이 발동되었다
불가분의 관계란 가려놓은 것에 대한 그리움
마스크는 진화의 에너지다
머지않아 인류는 부르카를 입고 외출하겠지
상상력은 부르카를 고도로 발달시킬 것이다
조물주가 신비로운 것은 한번도 보지 못했기 때문
이지
상상력을 위하여 뼈를 가리고 살을 가렸다
눈을 감아 봐라 에덴이 떠오른다

명상에 든다
스승은 명상을 할 때 눈을 감으면 안 된다고 했다
내면을 뜬눈으로 보라고 하는데

눈을 감으면 신이 주인이 되고 눈을 뜨면 내가 주인
이 되고
코로나19 이후에도 눈을 가리지 않겠다
실눈이 아니라 망원경과 현미경을 장착하고
뒤통수에는 꿈뻑거리지 않는 눈을 달겠다
세상은 마스크 이전과 마스크 이후로 나뉘고
마스크 이전 사람들은 에덴을 그리워하고
마스크 이후 사람들은
눈이 허공을 떠다니는 세상을 만들고

꽃 진 자리

호미 들고 설치는데 들꽃 한 송이 피었다
뽑아버릴까 하다가 손이 부끄러워 돌아서는데
어느새 벌이란 놈 달려들고
들풀은 목숨 내놓고 젖을 빨리고 있다
봄이라 여기저기 흐드러진 것이 꽃인데
밭 가운데 들꽃 한 송이 보고 찾아든 벌이나
들판에 풀어헤친 젖가슴이나
살아보자고 그러는 것이다
마침내 꽃이 지자
세상이 과묵해졌다
가끔 고추잠자리가 쉬었다 갈 뿐
깔깔대는 소리는 꽃과 함께 지고 말았다
꽃 피던 시절이 그리운 건
왁자지껄해야 세상 사는 맛이 난다는 거
모든 꽃은 한눈에 들어온다는 거
그러다가 젖이 마르면
날개를 내려놓고 쉰다는 거
마침내 들판이 조용해진다는 거

뿌리까지 삭아 없어져도
꽃이 진 자리에 봄마다
어김없이 꽃이 핀다는 거
다시 세상이 시끌벅적해진다는 거

단풍 들겠다

사무실 앞 소사나무가
단풍에 들어갔다
지난해보다 일주일 늦었다
시끄럽고 번잡한 곳에서
고요를 위해 절정에 오르고 있다
이렇게 고울 수가
소사나무 앞을 지나며
옷매무새를 고친다
나도 단풍에 들겠다

고요했으면

사무실 앞에 아파트가 올라가고 있다
출근부터 요란한 소음과 함께 근무 중이다.
두드리고 긁히고 떨어지는 소리로
뼈를 만들어 층을 높혀가고 있다
마디가 하나 더 생길 때마다 소리가 가까이 들린다
창조는 고요를 깬다

인부들이 빠져나간 주차장은 쓰레기가 많다
여러 번 부탁했지만 소용이 없다
소음만큼이나 당당하다
퇴근길에 차에서 달그락거리는 소리가 난다
수납장에서 보온병이 혼자 중얼거리고 있었다

아파트로 퇴근을 한다
소리로 지어진 아파트는 풍금 건반을 닮았다
고요한 세상은 이미 틀렸다
층간 소음으로 싸움을 하는 것은
이미 예견된 일이었다

환청

아파트 공사장 소음과 동거 중이다
그만큼 시끄러웠으니
몸에서 매끄러운 빛이 날 것이라는 상상을 한다
잠깐 매미 울음이 들리고
프로펠러 돌아가는 소리도 들린다
전동드릴에 연결된 핏줄을 따라 땀방울이 떨어진다

사랑했던 사람과
한동안 눈을 마주치지 못할 것이다
소음 속에서 단련된 눈은
빛나거나 거북하거나

전동드릴을 온종일 들고 있다 보면
숟가락도 떨림으로 다가온다
떨리는 손으로 쓰다듬는데
당신은 빛나거나 거북하거나

오랜만에 단비가 오셨다

고요 속으로 소리가 찾아들었다
지나는 자동차 소리와
복도에서 떠드는 소리가 들린다
윙윙 프로펠러 소리에 창문을 열면
아무도 없다
사랑이 떠나고 환청이 자리를 잡았다

꽃반지

눈길이 많은 곳에 풀꽃이 피었다
하필 정문 앞 화단이어서 눈감아주기가 힘들어졌다
옷깃 여미는 계절이 되었다
지난달에는 두 송이쯤 올라왔었는데
방석만큼 번져 열댓 송이 꽃을 피웠다
눈치를 보며 꽃반지를 만들어 손가락에 끼웠다
왕관을 만들어주던 기억도 있다
있어야 할 곳이 아니어서 망설이던 생각이 났다
수줍어서 기웃거리던 생각이 났다
풀을 뽑아내기로 했다
둥글게 퍼지는 이유를 알았다
모든 줄기가 이어져 낮은 포복으로 잔디 속에 숨어
있었다
잔디에게 영역을 허락받은 이유도 알겠다
둥그런 물결로 다가와 간지러워
어쩔 수 없었을 것이다
손가락반지처럼 잊히지 않는 추억이 생겼을 것이다
한 가닥, 한 가닥 뽑아 들었다
아무도 모르게 뿌리를 남겨두기로 했다

미용실에서 단잠

불면에 시달리는 나에게
쏟아지는 졸음을 주셨다
머리를 깎을 때만 걸리는 마술이다
침실을 미용실로 꾸밀까
안락한 의자와 머리를 쓰다듬는 손길과 가위 소리
미용사와 살고 싶다는 생각이 들었다
미용사의 말소리가 멀어진다
등신불처럼 허리 세우고 삼매에 들었다
미용실 간판이 쉬지 않고 돌아간다
꿀잠이라는 말이 생겨났다
메모리가 포맷되며 맑아지는 단잠
드나드는 사람이 많아졌다
마술에 빠져들고 있다
동네에 삼색 간판이 또 하나 늘어났다

흔들리는 정원

가뭄에 정원 가꾸는 법을 배운다
물 듬뿍 주고 하루를 기다리면 풀이 돋아나는데
다시 물을 흠뻑 뿌리고 흙이 촉촉해지면
올라온 것들을 쏙쏙 뽑아낸다.
잔디 외에는 무조건 뽑아내야 하는데
요것은 옛날 뒷동산에서 보았던 풀이다
모든 풀을 조화롭게 키우는 것이 정원사의 꿈이라서
씨를 뿌린 적 없어도
싹 돋고 계절마다 꽃을 피우는데
바람이 몰고 오는 것이 비뿐만은 아니라고
아주 잊었다고 생각했던
첫사랑처럼 제비꽃이 피었는데
그리워하며 사는 것이 섭리라서
가끔 잔디보다 작은 꽃을 보면
나도 모르게 입꼬리 올라가는 것을 들키지 않으려고
정원 가위를 엿가위 장단으로 흔들어본다
잠깐 한눈판 사이 꽃을 피우다니
풀꽃 하나가 정원이다

꽃으로 반지를 만들었다

흔들려 봐 이렇게 하며 바람이 다가오자 꽃이 흔들린다

바람은 나보다 먼저 은밀하게 정원을 들락거렸다

음복

여름 끝자락에 예초기 메고 산에 오른다.
빼곡한 무덤들이 한곳을 바라보고 있다
햇살이 잘 드는 남쪽이다
예초기 돌리기 시작하자 풀 냄새 퍼진다
풀벌레들이 덩달아 뛰어오른다
모든 사람은 죽는다는 말이 참이라는 것을 기록해
놓은 곳
칼날이 무덤 한 장을 넘고 있다
얼마나 무거운 것일까
생을 추억하며 술잔을 드는데
손이 덜덜 떨린다.
매년 하는 일인데도 새롭다
힘들다 싶을 때나 잠시 한눈을 팔 때마다
어김없이 땅속을 파고들었다
손에 칼날을 쥐고 산다는 것을 깜박했다
화들짝 놀라는 것 마음 졸이는 것이 반복되었다
해를 거듭할수록 손 떨리는 시간이 길어졌다
아무 일 없을 아침마다

마음이 떨리지 않는다면 안 된다고
시끄러운 엔진 소리가 귓속에서 쉬지 않고 돌아간다
내일 아침 아무 일 없기를 바라며
음복을 하는데 손이 떨린다
햇살에 옷에서 소금기가 서려 오자
석양이 붉어지기 시작한다

아름다운 눈물

와인 잔이 눈물을 흘린다
마랑고니는 중력을 말하지만
단정 짓지 말라
누군가 손등으로 닦아내고 있다

와인 잔을 흔들어
아로마와 부케를 들이킨다
안주 없이도 술은 매끄럽게 목을 타고 내려갔다

눈물은
대롱거리다 볼에 흐르거나 벼랑으로 떨어지거나
아로마와 부케가 넘친다

피니시가 길다
안주 없이 한 병을 다 읽었다
내 인생이 한 행으로 숙성되었다.
너무 좋아서 포도밭에서 시집 한 권을 샀다

책장을 넘기자
와인 다리가 선명하게 나타났다
밤새워 한 권을 다 마셨다
눈물 나게 아름다웠다

* 마랑고니 : 와인 잔을 흔들면 표면장력의 변화에 따라 액체가 표면장력이 낮
  은 곳에서 높은 곳으로 이동하는 모습. 와인의 다리라고도 부름.
* 아로마 : 와인의 품종에 따라 나타나는 향.
* 부케 : 와인의 숙성에 따라 발현되는 향.
* 피니시 : 와인을 삼킨 후 입안에 남는 느낌.

들들 볶아서 맛을 찾아낸다

커피를 볶아서 맛을 내리는 아침
들들 볶아야 맛이 나고
척박한 곳에서 자란 것이 참맛이 든다고
그러고 보면 골골대는 나는
인생의 맛을 만들고 있는 중일지도 모른다

전화가 왔으면 좋겠다
귀에 익숙한 멜로디가 전화기 위치를 알려줬으면
좋겠다
　새로움보다는 익숙함을 찾는 것일지도 모른다
　냄새를 찾아 시간을 맞추고 불을 조절하고
　아직도 새로운 것을 실수라고 단정해버린다

　창문 밖으로 바람이 불고 있다
　나뭇가지가 흔들리기 때문이다
　단지 바람 때문이었을까
　다시 바람이 불었다 바람은 비를 몰고 왔다
　커피에서 흙냄새가 났다

익숙한 멜로디가 울렸다

전화기는 등 뒤 탁자에 있었다

전화기는 세상 어디에 있든지 가장 빠르게 나를 소환한다

커피는 볶는 방법에 따라 향이 다르고 내리는 방법에 따라 맛이 다르다

한결같은 맛을 위해 메모지를 꽂아 놓았다

전화기는 같은 위치에 놓기로 했다

전화기에 대고 소리를 질렀다

제발 들들 볶지 말아라 맹숭맹숭하게 살고 싶다

바스락거리는 귀

가방에서 바스락거리는 소리가 들렸다
강의실 시선이 한곳으로 쏠렸다
단맛에 중독된 손가락이 손사래 쳤다
소리가 날카롭게 퍼져 나갔다
커튼 사이로 빛이 춤을 추었다

고양이 알레르기가 생겼다
생각만 해도 배가 더부룩하게 다가온다
가방 속을 더듬을 때마다 귀가 밝아졌다
빛이 출렁거리자 눈동자가 가늘어졌다

교회 지붕을 점잖게 걸어가는 고양이
찬송가 소리가 들렸다
아내는 하루도 빠지지 않고 새벽 기도에 나갔다
통성 기도로 세상은 바뀌지 않았다

사탕을 꺼냈다
가방을 열고 나오던 소리는

찬송가에 기가 죽어 속으로 삼켜야 했다
귀가 가렵기 시작했다
가방에서 바스락거리는 소리가 울려 퍼졌다
고양이도 움찔 놀라 달아났다

예배당 문이 빼꼼 열리자
소리가 빠져나갔다
살금살금 다가오는 고양이는 소리가 없다
조용하게 사탕 껍질을 벗길 줄 알게 되었다
면봉을 조심스럽게 꺼내 들었다

똥 싸러 간다

그러다 피똥 싼다는 말을 들었다
피곤이 한꺼번에 밀려오면
똥구멍이 부어올랐다
여유롭게 아무런 방해 없이
힘주지 않고 오래 앉아 있고 싶었다

세상은 벌떼처럼 붕붕거리며 분주해서
변기에 앉아 이명에 시달렸다
달력 열 장이 넘어가자 단풍이 들었다
붉게 물든 잎이 변기에 떨어졌다
회오리바람으로 빨려 들어가는
단풍을 바라보며 어정쩡한 걸음으로 나왔다

세면대 거울에 숲이 보였다
종종걸음으로 피똥 싸러 가는 사람들이다
마지막 달력 두 장은
밑씻개로도 쓰지 못하는 앙상한 희망이다
잘 먹고 잘 싸자는 말씀

주말에는 단풍 구경 가자고 거울에게 말을 걸었다

죽부인

햇살을 즐기며 노숙 중이다
한여름, 살냄새 맡으며 아침을 맞았었다
지나는 사람마다 곁눈질을 준다.
골목길에 뜬소문이 돌아다닌다.
대나무로 숭숭 엮어진 몸인데 바람을 탄다
끼리끼리 날아가지 않도록 안아주었다
어디선가 날아온 말들이 몸에 실린다
먼지 두께를 손가락으로 훔치는 사람이 있다
이렇게 부드러울 수가
이리저리 뒤적이다 한 손으로 들고 간다
오직 한 사람을 위해 만들어진 것이어서
버려두거나 불쏘시개로 쓰일 것이다
마음을 털썩 내려놓았다
저녁 햇살이 통과하자 지나간 생이 먼지로 날렸다
비 오는 날 죽순이었다가 기둥이 되어 하늘로 솟아
올랐다
마디마디 빈방을 만들어 추억을 저장했다
너덜너덜한 것들은 필요가 없잖아

방을 허물자 몸이 단단해지기 시작했다

얼마나 많은 손길이 닿았을까 굳은살이 깊숙이 박혀 있다

쪼개고 다듬어 씨줄과 날줄로 단단히 엮었다

켜켜이 쌓인 기억이 다시 살아났다

여러 겹으로 완성되었다고 생각했다

얽히고설킨 인연의 끝자락을 잡았으나 실오라기처럼 풀려나가고

해가 지고 있었다.

풀어진 껍질은 쉽게 부서졌다

밑동이 잘릴 때 넘어지면서 땅을 보았다

뿌리가 땅속으로 숨어들고 있었다

죽순으로 부풀어 오를 것이다

예산 장날

장이 서는 날이면 순대가 먹고 싶다는 그녀를 위해
순대 사 들고 돌아오는 길
혹시나 식을까 서둘러 발걸음 옮기는데
검정 봉지 속 순대가 그네를 탄다
흔들리는 비닐봉지는
양쪽으로 늘어선 좌판 사이를 아슬아슬하게 걷는다
어슬렁거리며 눈요기하고 싶은데
혹시나 눈길 마주치면 그냥 지나치기 어려운 눈빛
들이 많아서
볼 것은 다 보면서 건성건성 흔들거린다.
다행인 것은 검정 봉지라서 속을 모르니 서로가 편
하다
장날 좌판에 나온 것들
검정 봉투에 담아 주는 이유를 묻는 사람은 없다
그녀를 기다리며 따뜻함을 잊지 않도록
봉지를 더운물에 넣어 두었다
더운 것끼리 만나서 따뜻함이 더 오래간다
봉지를 열자 김이 모락모락 오르고

좌판에서 오가던 말들이 소곤거린다

장날에는 덤이라는 것이 따라와서 접시에 남는 것
이 생긴다

다음 장날에는 친구 한 명을 더 불러야겠다

해

설

———————

꽃 진 자리에서 피어나는, 그리운 감각
—김영서의 시

오홍진(문학평론가)

　김영서는 지금은 시간 저편으로 흘러간 사물들을 애타게 그리워하며 시를 쓴다. '그리움'이라는 말로는 채 표현될 수 없는 장소에서 그 사물들은 꿈틀대고 있다. 표제작인 「낯선 곳에 도착했다」를 먼저 보자. 이 시에서 시인은 "낯선 곳"과 "익숙한 곳"의 감각을 시화하고 있다. 감각이란 낯선 것과 익숙한 것이 시간상으로 엇갈리며 이루어진다. "오래된 와인"으로 표현되는 감각의 세계는 낯선 곳으로 향하는 마음과 익숙한 곳을 맴도는 마음 '사이'에서 비롯된다. 시인은 이 마음을 "사춘기"라는 시어로 표현한다. 사춘기에 들어선 아이는 이곳에서 저곳을 꿈꾼다. 밖으로 펼쳐 나가려는 바람이 아이의 마음자리에는 가득 차 있다. 의미를 알 수 없는 사물을 마음에 품고 아이는 낯선 곳으로 무작정 떠났지만, 시간이 흐르면 아이는 그 길이 이 세계로 돌아오기 위해 거쳐야 할 장소라는 걸 깨닫게 된다. 이것을 깨닫는 순간 아이는 어김없이 어른이 된다.

중요한 것은 '아이'는 여전히 살아남아 어른의 마음속에서 "작은 회오리바람"으로 피어났다가 사그라지는 상황을 끊임없이 반복한다는 점이다. 오래된 와인의 코르크를 열면 덧없이 빠져나오는 바람처럼 시인 또한 오랫동안 이런 삶을 살아왔다. 문밖을 서성이며 바람이 멎는 곳을 찾는 '낙엽'을 집 안으로 들이기 위해 그는 늘 문을 열어놓았다. 낙엽이란 시간의 흔적을 가리킨다. 봄에 핀 잎이 여름을 거쳐 가을이 오면 낙엽이 된다. 오래된 와인에 스민 오래된 감각으로 시인은 "낙엽, 흙과 바람/ 함께 놀았던 들꽃, 새벽이슬, 산딸기/ 그리고 시를 쓰던 연필 냄새" 등을 떠올린다. 오래 묵힌 와인의 감각을 시간의 감각이라고 달리 말해도 좋다. 오래된 와인 깊이 스며든 시간의 감각을 시인은 코르크를 열 때 새어 나오는 바람(의 감각)으로 느낀다. 김영서의 시는 무엇보다 지극히 익숙하면서 낯선 이 모순의 세계에 뿌리를 내리고 있는 셈이다.

물렁거리는 사랑은 싫다
쩐한 사랑은 근육으로 뭉쳐진다고

마늘종 같은 시를 만든다

날것으로 고추장에 찍어 먹을 사랑

탱탱한 한 줄을 위하여

엉덩이는 쉬지 않고 꿈틀거린다

—「마늘쪽 엉덩이」 부분

6월 달력에 새벽 별 하나 박혀 있다

작은 글씨로 빼곡히 채워지는 일정이 은하수처럼 박힌다

월차를 모아 색연필로 별을 그리기로 했다

그믐밤이었다

누워서 하늘을 보는 것이 적당한 밤이었다

멍텅구리 배가 되어 무거운 닻을 하늘에 던졌다

흐르는 은하수 사이로 유성 하나 빗금을 그었다

닻줄이 팽팽해졌다

우주에서 일어나는 일들이 들리기 시작했다

—「달력을 여러 번 접었다」 부분

「마늘쪽 엉덩이」에는 "마늘종 같은 시"를 쓰기 위해 쉴 새 없이 엉덩이를 꿈틀거리는 존재가 나온다. 그는 "찐한 사랑은 근육으로 뭉쳐진다고" 생각한다. 근육으로 단단하게 뭉쳐진 엉덩이를 꿈틀거리며 "탱탱한 한 줄"을 기꺼이 쓰고야 마는 이의 마음을 시인은 "날것으로 고추장에

찍어 먹을 사랑"이라는 시구로 표현한다. 마늘종은 마늘
의 꽃줄기를 가리킨다. 장아찌로 만들어 먹는 게 일반적
인데, 시인은 그것을 날것 자체로 고추장에 찍어 먹는다.
마늘종 날것과 같은 맛이 나는 시를 쓰려면 책상머리에
오래 앉아도 탈이 나지 않는 튼튼한 엉덩이가 필요하다.
'마늘쪽 엉덩이'에서 시인은 그 힘을 발견한다. "물렁거리
는 사랑" 저편에 근육으로 뭉쳐진 "찐한 사랑"이 있다. 김
영서 시를 관류하는 그리움의 시학은 이러한 '찐한' 사랑
과 밀접하게 이어져 있다. 사물을 향한 그리움이 깊어질
수록 엉덩이 근육에서 피어나는 찐한 사랑 역시 더욱더
강력한 힘을 발휘한다.

　"마늘종 같은 시"는 「달력을 여러 번 접었다」에 이르
면, 6월 달력에 새겨진 "새벽 별 하나"의 이미지로 변주되
어 나타난다. 달력에는 하루하루의 일상이 작은 글씨로
빼곡히 채워져 있다. 시인은 달력의 여백에 "월차를 모아
색연필로 별을" 그린다. '월차'는 빼곡한 일상을 이탈하는
시간을 가리킨다. 그 시간을 시인은 "그믐밤", 구체적으
로는 "누워서 하늘을 보는 것이 적당한 밤"으로 표현한
다. 아무것도 하지 않는 "멍텅구리 배가 되어" 시인은 "무
거운 닻을 하늘에" 던진다. 은하수 사이로 유성 하나가 빗
금을 그으며 떨어지는 찰나, 닻줄이 팽팽해지며 "우주에
서 일어나는 일들이 들리기 시작"한다. 시간은 한줄기로

흐르지 않는다. 수많은 시간'들'이 멍텅구리 배가 되어 우주와 소통하려는 생명을 하염없이 기다린다. 일상에 매인 사람은 사물을 날것 자체로 보려고 하지 않는다. 사물에 의미를 붙여 통제하기 쉬운 대상으로 만들려고 한다. 아무것도 하지 않음[無爲]으로써 우주와 소통하려는 김영서의 시작법(詩作法)은 바로 이런 맥락에서 펼쳐진다고 보면 좋을 것이다.

온종일 내다봐도 지나는 사람 없는 시골집
집 안에 잘 있는지 보건소에서 안부 전화가 왔다
손자가 다니는 초등학교에 코로나19 감염자가 나와서
할머니는 자가격리 중인데 마당에 연산홍이 피었다
달력에 있는 절기가 몸속에 기록으로 남아 있는 할머니
일없이 텃밭을 둘러보고 담장 아래 햇살에 졸기도 했는데
하도 수상하여 달력을 넘겨본다
24절기가 우수수 쏟아진다
쏟아진 경칩이 목련을 젖몸살 하게 하고
입동은 쓸쓸한 바람으로 낙엽을 굴리고 있다
마른기침만으로도 가슴이 철렁거리는 것 나뿐만이 아니었다
코로나19로 골목길에서 사라진 것이 감기 환자였을까
만나지 않고도 목소리를 듣고 얼굴을 보고

절기가 사라져도 꽃은 피고

찾아오는 사람 없어 할머니는 할 일 없이

미닫이문을 열어보고 닫아보고 그때마다

표정은 무심하지만 가슴으로 계절이 바뀐다

꽃 피는 봄이 그리움으로 번진다

— 「2021년 12월」 전문

일상이란 참으로 묘한 것이다. 어제 같은 오늘로 반복되는 일상에 지쳐 일상 너머로 나아가는 꿈을 꾸다가도, 일상이 끊기면 우리는 하염없이 반복되는 일상을 그리워한다. 코로나 바이러스로 누리지 못한 일상을 우리는 얼마나 그리워했던가. 이 시기에도 봄이 오고 여름이 오고 가을이 오고 겨울이 왔다. 자연 시간은 여전히 반복되는데, 인간의 시간은 코로나 바이러스에 막혀 흐르지 않고 고인 물처럼 악취를 풍겼다. 시간을 기록한 달력을 넘기면 기다렸다는 듯 "24절기가 우수수 쏟아진다". 경칩이 쏟아지면 목련이 젖몸살을 하고, 입동이 펼쳐지면 낙엽은 온몸으로 차가운 바람을 맞는다. 코로나19는 인간의 시간에 제동을 걸었다. 인간과 인간이 만나는 자리에서만 코로나 바이러스가 퍼졌다.

시인의 말마따나 "절기가 사라져도 꽃은 피"었지만, 사람들은 "마른기침만으로도 가슴이 철렁거리는" 악몽에 시달려야 했다. "온종일 내다봐도 지나는 사람 하나 없는 시골집"에 사는 할머니는 자가격리를 하며 마당에 핀 연산홍을 물끄러미 바라본다. 연산홍은 자가격리를 모른다. 때가 되면 피고, 때가 되면 지는 자연 이치를 따를 뿐이다. 돌려 말하면 자가격리는 자연 이치와는 다른 자리에서 펼쳐지는 인위적인 풍경이라고 할 수 있다. 자가격리를 하는 사람은 격리 기간이 끝나야 다른 사람을 만날 수 있다. 코로나 바이러스로 해서 사람들은 관계의 소중함을 새삼 느꼈다. 자연 이치가 관계에서 비롯된다는 점도 절실히 깨달았다. 찾아오는 사람 하나 없는 방 안에서 날마다 미닫이문을 열었다가 닫는 할머니를 상상해 보라.

　"표정은 무심하지만 가슴으로 계절이 바뀐다"라는 시구로 시인은 할머니가 처한 상황을 표현한다. 할머니는 아무도 찾아오지 않으리라는 걸 알고 있다. 그래서 애써 무심한 표정을 짓지만, 계절이 바뀌는 자연 이치는 도무지 외면할 수가 없다. 꽃 피는 봄이 그리우면 꽃 지는 가을도 그리운 법이다. 뜨거운 여름이라고 다르지 않고, 차가운 겨울이라고 다르지 않다. "꽃 피는 봄이 그리움으로 번진다"라는 시구는 여기서 그 의미를 열어젖힌다. 꽃 피는 봄이 그리운 까닭은 꽃 지는 가을이 있기 때문이고, 뜨거운 여름과 차가운 겨울이 있기 때문이다. 시간이 흐르면 어김없이 찾아오는 계절을 할머니는 지금 마음껏 즐기지 못한다. 바이러스가 퍼진 세상에서는 사람과 만나할 수 있는 일이 전혀 없다. 사람에서 사람으로 이어지는 길이 끊어졌는데도, 자연은 아무렇지 않게 피고 지는 일을 반복한다. 자연과 인간이 서로 어울릴 수 없는 시간을 산다고 말하면 어떨까?

「삽질」이라는 시에는 "삽으로 농사짓고 망치로 집을 짓고 살아온 사람들"이 나온다. "삽질하는 것만 봐도 어여쁜 것이다"라는 시구에 나타나듯, 그들에게 삽과 망치는 삶 속에서 자연을 실천하는 도구와 같다. 삽과 망치로 사람들은 먹을거리를 마련했고, 살 집을 마련했다. 먹을거리를 주고, 살 집을 주는 삽질(망치질)만큼 어여쁜 게 어디에 있을까? '삽질'의 시학은 「소꿉친구」에 나오는 "코흘리개로 함께 살아온 친구들"에게도 그대로 이어진다. 백 년을 산다고 해도 친구는 여전히 어린애들이다. 어린애들은 가면을 쓰고 사람들을 대하지 않는다. 가면은 바이러스처럼 사람과 사람의 관계를 끊어버린다. 가면을 쓴 사람은 어여쁜 삽질을 하지 않는다. 코흘리개 친구들의 애틋한 마음을 알 리도 없다. 시인은 그 시절의 삽질을 그리워하듯 그 시절의 코흘리개 친구들을 그리워한다. 그리움이 관념이 아니라 감각과 이어지는 까닭은 여기에 있다. 몸속 깊이 새겨진 감각이 그리움을 낳는 원형이라고 말해도 무방하겠다.

얼근해서 돌아가는 나에게

고향 사람이라 주는 것이라고 꽃씨를 안겨준다

맨드라미 꽃씨라고 했다

그때 맨드라미가 맨살로 들렸다

맨살꽃씨 그렇다 고향은

맨살로 다가가야 한다는 것을 새삼 알았다

맨드라미가 피는 고향을 생각했다

고향에는 항상 꽃이 핀다

—「고향」 부분

어렸을 적 모깃불 피워놓고 멍석에 누우면

별이 쏟아졌다

아직 별이 쏟아지는 곳이 많다고 했다

별 보러 가는 계획을 여러 번 세웠다

가지 못한다는 것을 알면서도

아직 거기에 있을 것이라 생각을 한다

—「이사」 부분

별이 쏟아지는 마을에 가고 싶었다

빗살무늬토기가 있었다

하늘에는 은하수가 강물로 흐르고

빗금으로 날아드는 사랑을 한 몸에 받았다

기억 속에 있는 것들이 반짝거리며 깨어나면

참빗으로 머리를 곱게 빗어 내려

별을 베고 잠든 여자가 있었다

뒤척이며 뜬눈으로 맞는 밤

유성 하나가 빗금으로 날아든다

―「빗살무늬토기」 부분

한시도 떨어지면 죽을 것 같아

살며시 몸을 기대어 보았다

시간이 멈췄으면 좋겠다

함께 걸어온 길에 저녁노을이 닿았다

세상이 붉게 물들어 간다

―「상사화」 부분

　「고향」에서 시인은 고향 사람이 주는 맨드라미 꽃씨를
"맨살꽃씨"로 받아들인다. '맨살'에는 고향의 감각이 표
현되어 있다. 맨살이라는 감각으로 다가가야 비로소 마
음에 새겨진 고향을 온몸으로 느낄 수 있다. "맨드라미가
피는 고향"에서 시인은 맨살을 부딪치며 사람들과 '더불
어' 살았다. 시간이 흘러도 그 감각만은 살아 있기에 사람

들은 한없이 고향을 그리워한다. 「이사」에서 이러한 고향 감각은 모깃불 피워놓고 멍석에 누워 바라보던 별 밭이미지로 이어진다. 쏟아질 듯 하늘을 수놓은 별들이 지금도 그곳에 있을 거라고 시인은 생각한다. 마음 깊이 새겨진 별빛의 감각은 어찌 보면 맨드라미 꽃씨를 맨살꽃씨로 알아듣는 서정에서 비롯되는지도 모른다. 맨살꽃씨나 별빛을 시인은 감각으로 기억한다. 김영서는 이러한 감각으로 지난 시절의 그리운 사물들을 시 세계로 불러낸다.

시인이 그리워하는 사물이란 달리 말하면 시간을 견디고 끝내 살아남은 사물이라고 할 수 있다. 별이 쏟아지는 곳은 어딘가에 분명 있을 것이다. 하지만 시인은 그곳에 쉬이 가지 못하리라는 걸 분명히 알고 있다. 그곳에 가는 순간 별이 쏟아지는 기억은 더 이상 시간 속에서 살아남을 수 없기 때문이다. 「빗살무늬토기」에도 "별이 쏟아지는 마을"이 나온다. 그곳에는 "참빗으로 머리를 곱게 빗어 내려/ 별을 베고 잠든 여자"도 있지만, 그 여자(의 이미지)는 늘 기억 속에서만 반짝거릴 뿐이다. 쏟아지는 별을 볼 수 있는 마을은 그럼 단지 관념에 불과할까? 아니다. 별이 쏟아지는 마을을 시인은 분명히 보았다. 마음 깊은 자리에 새겨진 이 마을을 때가 되면 시인은 언제든 떠올릴 수 있다. 하지만 거기까지다. 맨드라미 꽃씨를 맨살꽃씨로 듣는 사람은 그 마음으로 별이 쏟아지는 마을을 마음 깊이 새긴다. 이 마음이 바로 김영서의 시에 표현되는 그리움의 정체이다.

「상사화」에는 사랑의 병이 깊어 수행 길에 오른 사람이 나온다. 꽃과 잎이 다른 시기에 피는 상사화의 꽃말은 '이룰 수 없는 사랑'이다. 사랑을 이루지 못한 사람은 상사화의 마음을 이해한다. 상사화의 아픔을 제 아픔처럼 느낄 정도다. 상처 입은 사람이 상처 입은 꽃에 살며시 몸을 기댄다. "한시도 떨어지면 죽을 것 같아"라는 시구에 그 까닭이 나와 있다. 이대로 시간이 멈추면 얼마나 좋을까? 하지만 "함께 걸어온 길에 저녁노을이 닿았다". 때가 되면 하늘에 노을이 진다. 이것이 자연 이치다. 자연 이치를 따라 세상은 붉게 물들어 간다. 잎과 꽃이 만날 수 없는 상사화는 때가 되면 어김없이 피어날 것이다. 사랑의 열병에 빠진 사람의 마음은 그럼 어떻게 되는 것일까? 상사화처럼 자연 이치를 따르는 일 말고 무엇을 말할 수 있을까? 운명론이냐고? 스스로 수행 길에 올라 상사화의 아픔을 어루만지는 이 마음을 운명론으로 단정하기는 힘들어 보인다.

꽃 피던 시절이 그리운 건
왁자지껄해야 세상 사는 맛이 난다는 거

모든 꽃은 한눈에 들어온다는 거

그러다가 젖이 마르면

날개를 내려놓고 쉰다는 거

마침내 들판이 조용해진다는 거

뿌리까지 삭아 없어져도

꽃이 진 자리에 봄마다

어김없이 꽃이 핀다는 거

다시 세상이 시끌벅적해진다는 거

—「꽃 진 자리」부분

사무실 앞 소사나무가

단풍에 들어갔다

지난해보다 일주일 늦었다

시끄럽고 번잡한 곳에서

고요를 위해 절정에 오르고 있다

이렇게 고울 수가

소사나무 앞을 지나며

옷매무새를 고친다

나도 단풍에 들겠다

—「단풍 들겠다」전문

이사 온 지 20년 넘었다

철제 현관문은 삐그덕거리고

화장실은 스위치를 두 번 눌러야 불이 들어온다

아침에 약을 먹었는지 생각이 안 난다

한나절이 지나자 몸이 나른해진다

약봉지를 입속으로 털어 넣었다

약은 걸러도 할부금을 15년 동안 꼬박 지불했다

이웃집에서 문을 두들겼다

그러고 보니 초인종도 고장 났다

버섯을 땄는데 먹어보라고 건넨다

나도 이웃집 문을 두들겨보았다

환한 웃음으로 반겼다

초인종을 고치지 않기로 했다

—「오래된 집」부분

　「꽃 진 자리」에서 시인은 꽃 피던 시절이 그리운 이유를 "왁자지껄해야 세상 사는 맛이 난다는" 점에서 찾는다. 꽃이 피면 세상은 날아드는 벌 나비로 시끄러워진다. 꽃이 피지 않으면 벌과 나비가 들끓을 리 없고, 벌과 나비가 없으면 꽃이 피고 지는 이치가 이어질 리 없다. 때가 되면 들판은 왁자지껄 시끄러워지고, 때가 되면 들판은 한없이 조용해진다. 단풍이 지는 가을과 눈 내리는 겨울이 지나면 꽃이 진 자리에서는 어김없이 꽃이 피어난다.

당연히 들판도 시끄러워진다. '꽃 진 자리'는 그러므로 '꽃 핀 자리'와 다르지 않다. 꽃이 지는 때가 있어야 꽃이 피는 때도 있다. 꽃은 피는 때와 지는 때를 거부하지 않는다. 아니, 거부할 수 없다고 하는 게 정확한 말이겠다. 자연 이치를 거부하는 순간 꽃은 '꽃'이라는 사물로 피어날 수 없다. 피고 지는 자연 이치를 온몸으로 받아들였기에 꽃은 '꽃'으로 피어날 수 있다. 운명론을 넘어서는 자연 감각은 이 지점에서 실현되는 것이다.

「단풍 들겠다」에서 시인은 꽃 진 자리에서 펼쳐지는 단풍을 '고요한 절정'으로 표현한다. 사무실 앞 소사나무에 단풍이 들었다. 시끄럽고 번잡한 곳에서 고요한 절정의 꽃을 피우는 나무 앞을 지나다 시인은 저도 모르게 "옷매무새를 고친다". 한 시절을 옹골차게 보내고 묵묵히 다음 계절을 기다리는 생명이 아닌가. 고요한 절정에 휩싸인 나무를 경건한 마음으로 들여다보는 존재만이 "나도 단풍에 들겠다"라고 당당하게 외칠 수 있다. 한 시절을 뜨겁게 보냈기에 나무는 고요한 절정에 이르러 곱디고운 빛깔을 뿜낸다. 한때 나무는 벌과 나비를 끌어들여 시끌벅적한 시절을 보냈다. 뜨거웠던 그 시절을 마음 깊이 갈무리한 채 나무는 지금 마지막 생명의 불꽃을 피우고 있다. 이런 나무 앞에서 옷매무새를 고치는 사람의 마음을 가만히 헤아려 보라. 시간이 흐른다고 고요한 절정에 이르는 건 아니다. 흐르는 시간 속에서 온몸으로 꽃을 피운 생명만이 비로소 고요한 절정에 이를 수 있다.

사무실 앞 소사나무가 시간 속에서 피워 올린 '단풍'은 「오래된 집」에서는 이웃들의 "환한 웃음"으로 변주되어 나타난다. 나무의 한 생이 '단풍'으로 거듭난다면, 20년을 꼬박 이웃으로 산 사람들은 "환한 웃음"으로 거듭나 서로를 허물없이 대한다. 오래되고 낡은 집에서 피어나는 정다움을 마음에 품은 채 시인은 고장 난 초인종을 고치지 않겠다고 마음먹는다. 허물없는 사람들은 대문을 두드려도 환한 웃음으로 서로를 반긴다. '오래된 집'이라는 시구에 암시된 대로, 흐르는 시간이 환한 웃음이라는 미덕을 피워 냈다. 정확히 말하면, 흐르는 시간 속에서 이웃들은 서로를 올곧은 마음으로 대했다. 새로 딴 버섯을 먹어보라며 대문을 두드리는 이웃을 그 누가 환한 웃음으로 반기지 않을까. 시인으로서 김영서의 마음에 서린 그리움은 '오래된 집'에 새겨진 이런 미덕과 연동되어 있다. 그는 그저 지나간 시절을 기억하고 싶은 게 아니다. 아무리 시간이 흘러도 좀먹지 않는 마음의 감각을 그는 하염없이 그린다.

「흔들리는 정원」을 보면, 씨를 뿌린 적이 없는데도 쑥쑥 자라나는 "잔디보다 작은 꽃"이 '환한 웃음'의 미덕을 보여주는 사물로 등장한다. 잔디밭에 핀 들꽃은 솎아내는 게 원칙이지만, 시인은 차마 "첫사랑처럼 제비꽃이" 핀 상황을 외면할 수 없다. 잠깐 한눈을 판 사이에 피어난 제비꽃을 들여다보며 시인은 "풀꽃 하나가 정원"이 되는 세계를 상상한다. 옛날 뒷동산에서 본 풀꽃 씨가 바람을 타고 잔디밭에 떨어져 꽃을 피웠다. "바람은 나보다 먼저 은밀하게 정원을 들락거렸다"라고 시인은 쓴다. 인간은 잔디와 풀꽃을 구분하지만, 자연은 이 둘을 구분하지 않는다. 인간의 손을 많이 타는 잔디보다 더욱더 강한 생명의 힘을 풀꽃은 그 안에 품고 있다. 시인은 작은 풀꽃에 드리워진 이 힘을 볼 때마다 입꼬리가 올라가는 걸 느낀다. 첫사랑 제비꽃이 피어난 정원에서 시인은 "그리워하며 사는 것이 섭리"라는 깨달음을 얻는다.

장이 서는 날이면 순대가 먹고 싶다는 그녀를 위해
순대 사 들고 돌아오는 길
혹시나 식을까 서둘러 발걸음 옮기는데
검정 봉지 속 순대가 그네를 탄다
흔들리는 비닐봉지는
양쪽으로 늘어선 좌판 사이를 아슬아슬하게 걷는다
어슬렁거리며 눈요기하고 싶은데
혹시나 눈길 마주치면 그냥 지나치기 어려운 눈빛들이 많
아서

볼 것은 다 보면서 건성건성 흔들거린다.

다행인 것은 검정 봉지라서 속을 모르니 서로가 편하다

장날 좌판에 나온 것들

검정 봉투에 담아 주는 이유를 묻는 사람은 없다

그녀를 기다리며 따뜻함을 잊지 않도록

봉지를 더운물에 넣어 두었다

더운 것끼리 만나서 따뜻함이 더 오래간다

봉지를 열자 김이 모락모락 오르고

좌판에서 오가던 말들이 소곤거린다

장날에는 덤이라는 것이 따라와서 접시에 남는 것이 생긴다

다음 장날에는 친구 한 명을 더 불러야겠다

—「예산 장날」 전문

예산 장날이 펼쳐진 날, 시인은 순대를 사 들고 집으로 돌아간다. 장이 서는 날이면 그녀는 으레 순대가 먹고 싶다고 말했다. 검정 봉지에 담긴 순대를 들고 시인은 "양쪽으로 늘어선 좌판 사이를 아슬아슬하게 걷는다". 좌판에 깔린 물건들을 구경하고 싶은 마음이 굴뚝같지만, 혹여나 좌판을 펼친 이들의 눈길과 마주칠까 두려워 시인은 애써 건성건성 흔들거리며 좌판 사이를 걷는다. 그냥 지나치기 어려운 눈빛들이 참으로 많다. 검정 봉지 안에 담긴 게 무엇인지 그 눈빛들이 알 리 없다. "검정 봉지라

서 속을 모르니 서로가 편하다"라는 시구를 가만히 들여 다보라. 속을 모르는 검정 봉지로 시인은 장날의 일상에 담긴 서정을 노래한다. 자본이 지배하는 시장에는 없는 무언가가 장날의 풍경에는 담겨 있다. 시인은 그것을 "장날에는 덤이라는 것이 따라와서 접시에 남는 것이 생긴다"라는 구절로 표현한다.

물건을 사고팔 때 제 값어치 외에 조금 더 얹어 주거나 받는 물건을 우리는 '덤'이라고 부른다. 장날에 순대를 산 시인은 무엇을 덤으로 얻은 것일까? 순대가 든 봉지를 더운물에 넣고 시인은 그녀가 오기를 기다린다. 시인은 말한다. "더운 것끼리 만나서 따뜻함이 더 오래간다"라고. 봉지에서 모락모락 피어나는 김을 보며 시인은 좌판에서 오가던 말들을 찬찬히 떠올린다. 시의 문맥을 따지면, 좌판에서 오가던 말에는 분명 '덤'이 붙어 있었을 것이다. 덤을 사람들 사이를 오가는 '정'으로 다르게 이름 붙여도 좋겠다. 김영서는 지난 시절의 그리움을 예산 장날의 풍경에서 온전히 느낀다. 다음 장날에는 친구 한 명을 더 불러야겠다고 시인은 이야기한다. 덤으로 받은 정을 더불어 나누는 존재가 바로 친구다. 친구들이 많이 모일수록 나누는 정 또한 더욱 많아지고 깊어질 것이다. 더운 것끼리 만나면 따뜻함도 오래간다고 시인은 말하고 있지 않은가.

김영서 시를 관류하는 그리움의 시학은 지금 이곳에서도 여전히 살아 있는 감각과 굳건히 연동되어 있다. 사물의 감각은 하나의 의미로 환원될 수 없는 잉여를 항상 그 안에 품고 있다. 마음 깊이 자리한 "작은 회오리바람"(「낯선 곳에 도착했다」)이 그렇고, 별이 쏟아지는 마을에 빗금으로 떨어지는 "유성 하나"(「빗살무늬토기」)가 그렇다. 사랑하는 그녀를 먹이기 위해 더운물에 검정 봉지를 넣는 마음은 또 어떤가? 그리움이 감성에 치우치면 지난 사물에 서린 감각들이 쉬이 허물어져버린다. 그리움을 먹고 사는 시(인)는 마음 깊은 자리에 스민 따뜻한 사물(의 감각)을 먹고 사는 것이라고 말하면 어떨까?

시간상으로는 한없이 낯선 사물이 더없이 익숙한 사물로 변주되는 시의 이치가 그리움과 연동되어 있음을 김영서 시를 통해 다시금 확인한다. 그의 시를 읽다 보면, 시간이 흘러도 스러지지 않는 마음속 '아이'가 눈을 감고 무언가를 상상하는 풍경이 머릿속에 그려진다. 그 아이가 눈을 뜨는 바로 그 순간 김영서의 마음 깊이 자리했던 시가 피어난다. 첫사랑처럼 피어난 아이(의 눈)는 꽃 진 자리에서 꽃이 피어나는 상상을 하고, 사랑이 이루어지지 않은 자리에서 사랑이 이루어지는 상상을 한다. 잔디로 덮인 장소에서 피어난 작은 꽃을 보며 환하게 웃는 상상에 빠지기도 한다. 김영서는 이런 아이가 되어 지난 시간을 수놓은 사물들을 지금 이 세계로 호명한다. '덤'이 붙어 더욱더 그립고 아름다워진 이 사물들에서 김영서가 끝없이 그리는 시의 세계가 피어나는 것이다.

삶창시선

———